Le Formiche 6

A Corrado Guzzanti «Senior»,
per i suoi ottant'anni

Corrado Guzzanti

Il Libro de Kipli

Baldini & Castoldi

3ª edizione

Fotocomposizione dei testi
e riproduzione delle immagini
Bassoli Olivieri Prestampa - Milano

ISBN 88-859-8821-0

Indice

Introduzione, note biografiche e istruzioni per l'uso

Mettere insieme le poesie di qualcuno ed ordinarle, può e dovrebbe sempre essere un lavoro veloce, piacevole e creativo. Diventa invece noioso quando per «ordine» s'intenda un criterio ragionevole; ingrato quando il materiale stesso, l'insieme delle poesie, non suggerisca spontaneamente al curatore delle scappatoie veloci, piacevoli e creative. Le poesie de Kipli nella fattispecie sono un «insieme» molto eterogeneo di forme e scritture diverse, affrontano temi diversi in modo ora contraddittorio, ora furbescamente ripetitivo. Indubbiamente si possono individuare: un «periodo romantico» e un «periodo realista», come pure un «periodo socialista», contrastato poi da un «periodo Craxiano». Ma il biografo resta sconcertato quando scopre che i quattro periodi coincidono in una sola giornata! A che vale allora avventurarsi nella ricostruzione della storia psicologica o ideologica del poeta? Possiamo limitarci ad osservare che «il periodo realista *prevale* all'ora di cena»?

Era dunque difficile raggruppare queste poesie. È già uno sforzo considerarle tali. Dopo aver cercato infruttuosamente di trovare un senso nella sistemazione cronologica, tentato una divisione per argomenti e secondo il rigore suggestivo dell'ordine alfabetico, ho dovuto cambiare strada ancora molte volte, fino a che, il giorno della scadenza e due biglietti per Eurodisney non sono venuti a liberarmi da tutti quei pregiudizi che ancora oggi, alle soglie del XXI secolo, affliggono la scienza dell'ordine casuale. Mettere il tutto in una busta e staccare il telefono è stato, a mio parere, un gesto di civiltà.

Ora il problema è del lettore. Di fronte ad un'opera così

caotica potrà accigliarsi oppure sopravvolare.

Andrà, incredulo, a ricontrollare la copertina, in particolare la quarta (in fondo a sinistra); potrà collocare idealmente questo volume nella categoria dei «Libri Usa e getta», non sentendosi per questo in dovere di rispettarne la prescritta sequenza. Ma ci sarà anche chi, rinunciando ad infierire, saprà interpretare questi disordinati versi come innocui e spiritosi «esercizi di stile». Con ciò potrà essere certo di aver fatto fare un notevole esercizio al suo.

Io intanto passo ad altro.

Chi sia Kipli o da dove provenga non sono davvero questioni d'ordine nazionale, ma un nostro piccolo sondaggio offre risposte interessanti per quanto variegate: alcuni ci parlano di un ragazzo, spaesato e inerme, ma crudele con i fenicotteri; altri, di un'assonanza con Kipling, figura di letterato ingiustamente ridimensionata dopo lo sfortunato incontro con Gigi Marzullo; altri ancora lo individuano in uno spietato e sinistro boss mafioso, giungendo dunque a dubitare della sua stessa esistenza; ma chi ha conosciuto Kipli guardando la televisione lo identificherà invariabilmente in Rokko Smithersons, suo originale divulgatore e collaudatore. Non è un caso che buona parte delle poesie che leggerete siano scritte per essere recitate in romanesco o pseudo-romanesco, specialmente quelle che appartengono al primo e meno fortunato ciclo di *Avanzi*, la trasmissione che per prima si è assunta la responsabilità di rivelare al pubblico Kipli o De Kipli (come invece riporta il prof. Andreucci). Tuttavia il romanesco non è il solo linguaggio di questo Autore, che fa anzi, preferibilmente, uso di gesti liberi e coloriti slogan leghisti: ne è stata quindi ridimensionata la presenza in questo libro, limitandola a quelle poesie che originariamente la imponevano e in cui vi imbatterete qua e là senza alcuna segnalazione glottologica.

Troverete inoltre, disseminate con la stessa opportuna noncuranza, alcune «massime» de Kipli appartenenti a quel «periodo ingrato» che il nostro trascorse esercitando la libera professione di compositore di biglietti per cioccolatini. All'azienda piaceva il suo stile feroce e dissacrante, ma gli scontri e i gravi incidenti tra innamorati che ne seguirono in un tragico San Valentino (vedi *Strage di:*), misero i dirigenti nella stretta necessità di liquidarlo. Fu comunque troppo tardi; i giovani corpi crivellati dal cacao facevano bella mostra sui quotidiani, e anche il più illetterato dei terroristi si convinse a provare l'efficacia balistica di un'arma così a buon mercato; qualcuno suggerì poi di aggiungere stagnola, e il resto è storia. Solo oggi le forze dell'Onu, grazie a sofisticati rilevatori di nocciolato, possono smantellarne intere centrali in Medio Oriente, ma per l'aereo di Cocciolone, come è noto, non c'è stato niente da fare.

È evidente che a fronte di questi gravi fatti non possiamo e non vogliamo scagionare Kipli, tuttavia le suddette massime sono state anch'esse imbarcate in questa raccolta, vuoi per semplice esigenza editoriale, essendoci riproposti un'*opera omnia*, vuoi per riempire un numero di pagine sufficientemente alto da renderne credibile la vendita in libreria.

Ma torniamo al contenuto primario di questo libro.

Checché ne dicano gli uomini della sua scorta privata, la struttura delle poesie de Kipli è di una semplicità disarmante: c'è un testo iniziale per lo più verboso e faticoso, specie a leggerselo da soli, e un capovolgimento finale che, con alterna fortuna, salva la prima parte, riuscendo a nobilitarla come preambolo o premessa. Questi celebri capovolgimenti, spesso esercitati con marcata ambiguità («Madame Bovary sono io e tu sei Rodolphe Boulanger»), si collocano per lo più a fondo pagina cosicché, nel rispetto de Kipli e dell'acquirente, sconsigliamo di leggere l'ultima, o le ultime frasi di una poesia, prima di aver letto la medesima.

Quando voltate pagina puntate quindi sul titolo e scendete lentamente mettendo a fuoco una riga alla volta. (Vedi anche: *La lettura lenta - Come farsi una biblioteca privata con libri presi a prestito*.)

Per i più volenterosi, nella stessa libreria che espone questo volume, sono disponibili preziosi righelli segnapagina autografati dall'Autore. Acquistando due copie potrete averne uno gratis, acquistandone tre ne riempireste inutilmente il portabagagli (e, tutto sommato, anche la mano funziona benissimo).

Ringraziando il lettore che ha sopportato questa inevitabile introduzione (e solidarizzando con tutti gli altri) non posso esimermi dal fare altrettanto con lo stesso Kipli e salutarlo cordialmente. Da quando, come ogni buon conservatore, si è dato alla satira, la sua vita è cambiata: viene riconosciuto per strada e invitato nei salotti televisivi, riaccendendo così le speranze dei suoi creditori. A detta di alcuni il successo lo avrebbe cambiato; il suo autista smentisce. Ognuno ha diritto alle sue opinioni, ovviamente, ma io trovo nel Kipli di oggi una persona molto più equilibrata di quella che conobbi, anni fa, sulla pista di pattinaggio. Oggi è un uomo più realista, che conosce i propri limiti e sa affrontare rinunce e compromessi. A fronte di questa straordinaria lucidità, la vecchiaia non lo spaventa. «Sto perdendo i capelli...» mi confessò una volta, «...ma ricordo perfettamente dove sono caduti.»

Per quanto riguarda Rokko Smithersons avrei voluto avvalermi della sua collaborazione, ed egli si era, anzi, inizialmente impegnato a girare il «primo tempo» di questo libro. Poi la crisi economica che ha travolto il mondo del cinema lo ha pesantemente demoralizzato e non vuole più saperne di scendere dal suo yacht. Analogo rifiuto manifesta per il popcorn, compreso quello che la madre importa personalmente dalla Colombia.

Non posso che sopravvolare su di egli e augurare a tutti una buona lettura.

Corrado Guzzanti

Il Libro de Kipli

La mùmma

Aiuto,
mi hanno imbarzamato vivo!
Hanno strappato le mie varie interiora
mettendo strani unguenti.
Ma io sono vivo.
Hanno cavato il mio cervello dar narìce
tramite uncinetto,
in grigi e bianchi grammoli di memoria e di sangue,
mettendo strani unguenti.
Ma io sono vivo.
Hanno cosparzo il mio corpo de zorfo
e disseccato la mia pèlla cor muriatico,
hanno disciolto i genitali cor muriatico,
hanno sbiancato le pupilla cor muriatico,
mettendo strani unguenti tra cui er muriatico.
Ma io sono vivo.
Oggi sò una mùmma residente il museo,
i bambini se impressiona: ma che è? una mùmma?
io sempre zitto dentro alla scatola,
ma sono vivo!
Lo stesso nun se pò dì der custode Arvaro!

Una donna nera

Ho visto una donna nera partorire per strada,
nessuno l'aiutava,
nessuno muoveva un dito...
Ho visto una donna nera partorire per strada,
e stava lì
davanti al cinismo e alle risate amare della gente.
E stava lì;
e non si muoveva.
Chiedeva aiuto,
ma nessuno faceva nulla.
Ho dovuto chiamare io l'ambulanza, fosse per loro
l'avrebbero lasciata lì tutta una notte
e magari il giorno dopo
e quell'altro ancora....
Mo' lo devo scrive pure in africano:
«passo carrabile».

Io sono il male

Io sono l'angelo della morte...
tornato dall'inferno
alla luce dei vivi
dove il sangue tiepido delle membra innocenti
attira come miele la mia gola assetata...
Io sono l'angelo del male
disceso a baloccarsi coi mortali,
il mio stomaco aperto alle vostre carni bianche
attende impaziente il suo macabro pasto
Io sono l'angelo della morte...
di chi è il Renault 5 in seconda fila?

Volevamo cambiare il mondo, e invece il mondo ha cambiato quartiere.

La nuova Destra

Non ce l'abbiamo con i neri e gli africani,
solo non vogliamo che ci rubino il lavoro.
Non ce l'abbiamo con gli omosessuali,
solo non vogliamo che ci contaminino col loro morbo.
Questa è una Destra nuova che vuole battersi per il
rispetto della civiltà e della democrazia.
Non ce l'abbiamo con gli zingari,
solo non vogliamo che mettano in pericolo
la nostra comunità.
Non ce l'abbiamo cogli extracomunitari
solo non vogliamo che occupino le nostre case.
Questa è una Destra nuova che vuole mettersi
dalla parte del cittadino e del lavoratore.
La pelle, la lingua, la razza non c'entra.
E se non capite questo siete degli ebrei!

La loggia

E ora voi ci direte che avremmo dovuto vedere!
È vero!
Avremmo dovuto vedere.
Che mentre s'impegnavano a difendere i belli ideali
li stavano calpestando in nome dei propri interessi.
Che stringendo quei legami di fratellanza
si procuravano i complici e gli agenti
per i loro delitti!
Che servizi e disservizi segreti se stavano a fonde ì na
spessa coltre de fumo anticossituzzionale.
Che quella complessa simbologia de squadrette e de
compassi serviva a far quadrare il circolo de i loro
sporchi giochi de potere!
Che tutti sapevano, che tutti tacevano.
Chi per tornaconto, chi per omertà.
Che dietro quella rete di amicizie si tesseva
'na tela de complotti e de ricatti.
Che co' il loro abbraccio fraterno stritolavano
leggi e istituzioni
in nome degli affari e della polittica.
Avremmo dovuto vedere che, nelle belle parole del
Venerabile Maestro, si nascondevano gli insulti e le più
gravi diffamazioni contro la società!
Avremmo dovuto vedere che, dopo essersi fatti 'na
bbeffa delle istituzioni se ne sarebbero serviti per
scappare all'estero...
Sì, è vero!
Avremmo dovuto vedere...
Ma provateci voi co' sto cappuccio in testa!

Dare e avere

So di non aver dato molto nella mia vita...
So di non aver dato molto ai miei amici,
ai miei fiii,
a mi mooo,
r'cane...
So di non aver dato molto nella mia vita...
So di non aver dato molto a chi invece mi ha dato molto,
a chi mi ha amato e sorretto e aiutato.
So di non aver dato molto nella vita.
Ma quel poco...
lo rivorrei indietro.

C'è un giorno per seminare e un
giorno per raccogliere…
giovedì andrebbe benissimo…

Un amore urbano

No, non biasimarti
se ora vado con lei; non è per i tuoi errori.
Tu non hai colpe,
nessuno ha colpa di essere solo ciò che d'è!
Non chiedermi se lei è più bella di te,
mi credi così superficiale?
Ciò che lei può darmi è qualcosa di più della bellezza.
Non piangere adesso.
Non chiedermi se lei è più giovane di te,
mi credi così cinico?
Ciò che lei può darmi è qualcosa di più della gioventù.
Non chiedermi se lei è più innamorata di te,
mi credi ingenuo?
Ciò che lei può darmi è qualcosa di più
di un fatuo sentimento.
Non piangere,
adesso lei è qui fuori che mi aspetta
...su una *Volvo colla targa dispari !!*

Distinguo

UN CONTO è dire che negli introiti dello stato
rientra per gran parte denaro riciclato, proveniente dai
guadagni illeciti della malavita e della criminalità
organizzata e UN CONTO è dire che lo stato, pur
trovandosi ad amministrare anche queste ricchezze,
debba sentirsene in qualche modo compartecipe.
UN CONTO è dire che l'industria più fiorente e redditizia
del nostro paese è quella che importa la droga, la lavora
e ne amministra il mercato e UN CONTO è dire che lo
stato, pur traendone complessivo vantaggio, debba
esprimere nelle parole e nei fatti il suo più categorico
dissenso.
UN CONTO è dire che gran parte dei titoli di stato
vengono acquistati dalla mafia e dalla camorra e UN
CONTO è dire che lo stato, a fronte di questo pur ingente
sostegno economico non debba dimostrare altro che
indignazione e sdegno.
Un conto è la malavita e i suoi sporchi affari e un conto è
lo stato: le sue responsabilità, la sua centralità politica,
sociale e morale.
Mi faccia due fatture separate.

L'unità della sinistra

Guardiamo in faccia la realtà, compagni,
di fronte ai grandi mutamenti
occorsi in questo burrascoso fine secolo
non possiamo più giustificare,
di fronte ai compagni elettori,
questa antica, ma ancora dolorosa frattura della sinistra.
Essi ci chiedono di vincere tutti quegli ostacoli
e quelle riserve che ci hanno tenuti lontani,
che ci hanno reso avversari.
Di fronte ai loro occhi
quelle riserve non sono che oziosi cavilli
che un nostro sforzo di volontà
dovrebbe poter superare.
Forse hanno ragione.
Questo paese ha bisogno di un'unica sinistra:
un SOLO partito,
un SOLO cuore
che batte per tutti noi.
Prendiamo coraggio e guardiamo la realtà,
non la realtà degli accordi segreti, taciuti alla gente,
non quella del gioco delle alleanze e delle poltrone.
Siamo divisi in due partiti, ci siamo combattuti per anni,
ma abbiamo gli stessi ideali, gli stessi sogni,
le stesse speranze, le stesse capacità,
gli stessi bisogni, le stesse ambizioni,...
Dobbiamo stare anche nello STESSO paese?

Guardati da coloro che prima
ti danno consigli
e poi parlano male di te, cornuto!

Boy-scout

Scegliere una buona azione non significa
aspettarsi necessariamente delle ricompense,
ma solo aver capito che, per una cattiva azione,
non ne ricevereste mai.
Scegliere una buona azione non significa «eroismo»,
ma una cattiva azione non porta medaglie.
Scegliere una buona azione non significa sentirsi migliori,
ma solo sapere di aver fatto la cosa giusta.
Una cattiva azione non serve a nessuno,
non dà ricompense, non dà medaglie...
Le cattive azioni non servono né a voi né agli altri.
Scegliete sempre le buone azioni.
Comprate solo quelle.

Malgrado questo

Mi dici che sto giocando
coi tuoi sentimenti,
colla tua vita...
colla tua carta di credito...
Me ne assumo la responsabilità, perché malgrado questo
io ti amo e so essere molto severo con me stesso...
Mi dici che ti tradisco, che c'ho l'amante e mi mostri
le prove, le foto, le lettere... ti mancano dei gioielli...
Come sai essere ingiusta a volte!
Ingiusta con me, ma anche con Loredana.
Sei così gelosa dei tuoi oggetti, del tuo portafogli, *della tua macchina*... quel tuo sguardo acido che rivolgi non solo a me, ma anche alle mie amiche, quel tuo sguardo torvo come volessi dirci: «E adesso io come ci vado a lavorare?»
Eppure, malgrado questo, io ti amo!
Adesso vado due settimane a Honolulu,
un viaggio d'affari.
Se ti senti sola ti leggi un libro, dipingi,
approfittane per pensare un po' a te stessa,
perché il televisore serve a me.
Non piangere, con me non attacca perché IO TI AMO!
E se un giorno dovessi scoprire di averti fatto soffrire
come tu dici, di averti rovinato la vita,
calpestato i sentimenti, tradita,
ingannata,
se un giorno dovessi soltanto sospettare
d'averti rubato la giovinezza, spento ogni tuo desiderio,
arrivare a farti desiderare la morte.
Se un giorno scoprissi tutto questo,
mi faccio un CAZZIATONE che me lo ricordo
per una settimana!

Se i partiti non rappresentano più
gli elettori,
cambiamoli questi benedetti elettori!

Lutto politico

Per anni abbiamo basato la nostra azione politica
sull'ideologia comunista,
per anni i fatti e le idee che emergevano
dal blocco sovietico
hanno determinato le nostre scelte in questo paese.
Il comunismo ci ha mostrato la strada
per mettere insieme la nostra gente,
il nostro elettorato...
Ora tutto è crollato, il comunismo non esiste più!
Resta solo una vaga voglia di sinistra
che barcolla sulle gambe della storia.
Ebbene amici, cerchiamo di dimenticare
e ricominciare da capo!
Cerchiamo di andare avanti da soli,
ricostruiamo la nostra identità
con la forza di proporre cose nuove ed argomenti nuovi!
Niente più comunismo!
Niente più bandiere rosse, falci e martelli
sul nostro cammino!
Ebbene sia! Saremo soli, e ai nostri elettori
dovremo mostrare qualcos'altro...
Ma so bene che sarà difficile scacciare le ombre nere
che gravano sul nostro futuro...
anch'io ho paura amici,
cosa faremo adesso?
Dove andremo?
Guardiamoci negli occhi cari colleghi.
Senza più comunismo
a che cosa serviamo noi democristiani?

Contesto storico

Io Palmiro Togliatti, eccetera eccetera, me auspico che tutti 'sti alpini vadano a morì ammazzati: primo, perché so' fascisti, secondo, perché puzzano de grappa, e me auspico che la Jugoslavia faccia uguale co' li caschi blu e che se ripii tutto da Trieste a Perugia.
Hegel? Divino!

Allego fotocopia

Ustica

Tutta l'aeronautica è con voi!
Qui con voi a solidarizzare,
contro questo indegno processo ai generali,
contro questa ignobile e sciocca
crociata antimilitarista!
Siamo tutti qui,
per sostenervi in questa guerra della sfiducia,
per difendervi da chi spara a falsi bersagli,
da chi insulta l'arma che lo ha sempre difeso,
l'arma che ha sempre servito lo stato,
che ha servito la gente.
Sì! siamo tutti qui,
contro chi ci accusa di strumentalizzazione!
Tutti qui, contro chi ci accusa
di inefficienza,
di indolenza,
contro chi ci accusa di irresponsabilità e di leggerezza,
contro chi ci accusa di incoscienza,
contro chi commette gli errori e poi vuole addebitarceli.
Sì! siamo tutti...
Ragazzi, ma chi c'è rimasto al radar?

Ama il tuo prossimo
come nessun altro al mondo.

Una grande amicizia

Tra noi, amore mio, c'è una grande amicizia.
Quell'amicizia che non ha bisogno di prove,
che non ha bisogno di verifiche,
quell'amicizia che da sola acquista il valore di
mille pegni d'amore,
mille mazzi di fiori,
mille melense parole,
che illumina di sincerità i nostri sguardi offrendoci
sempre la certezza
su di noi e sui nostri sentimenti.
Un'amicizia che ci fa dono della fiducia, che cancella con
un sorriso i «Dove eri?» e i «Con chi eri?»,
che sigilla con una carezza tutte le promesse che ci siamo
fatti: di rimanere sempre uniti e puri nella nostra unione,
un'anima sola, un corpo solo, una sola limpida coscienza.
Se fosse solo amore pagheremmo con mille tormenti,
con mille dubbi la nostra felicità...
ma al di là dell'amore
io ti sono amico;
al di là dell'amore
tu mi sei amica.
Ed io la sento, amore, questa grande amicizia tra di noi.
Con tuo marito, meno.

Esternazione

Molti lo trovano ridicolo,
trovano i suoi scatti d'ira
impulsivi e irragionevoli.
Molti trovano patetico che si sia fatto
strumentalizzare dall'opposizione,
strumentalizzare dalla lega e dai missini,
dato in pasto alla stampa per affondare il suo stesso partito...
Molti ancora trovano ridicole le sue morbosità
per i carabinieri e per la televisione...
Altri, infine, trovano pietose le sue risse con i giudici,
stonate le liti con l'opposizione,
comica la minaccia dei misteriosi dossier...
non dico che abbiano torto:
forse sarà un presidente emotivo;
forse sarà un presidente stravagante e bilioso;
forse ingenuo.
Ma è il mio presidente; e mi levo il cappello quando rido!

Presenti

Non ci siamo dimenticati di voi.
Non crediate che preso il vostro voto
vi abbiamo voltato la schiena,
che abbiamo rubato la vostra fiducia
per i nostri inconcludenti giochi di potere.
Non ci siamo dimenticati di voi.
Siamo sempre pronti ad ascoltarvi.
Non crediate che siamo sordi alle vostre richieste,
che ignoriamo i vostri bisogni...
che ora che i giochi sono fatti
non ci interessate più.
Si ha un bel dire di questo scollamento
tra società e potere!
Che la politica è lontana dalla gente!
Ma noi non vi abbiamo lasciato soli,
diteci tutto!
Noi vogliamo le vostre critiche,
vogliamo ascoltare tutto ciò che volete dirci:
che siano accuse,
che siano proteste,
che siano lacrime,
che siano grida...
non abbiate timore.
...Parlate dopo il segnale acustico.

Per cambiare veramente le cose
ci vogliono le idee.
Io ci metto questa.

L'ultimo comunista in orbita

Sei rimasto lassù per troppo tempo,
compagno astronauta,
è brutto sentirsi abbandonati...
guardare impotenti senza avere la possibilità
di alzare un dito, di dire una parola
mentre il tuo paese cambia e noi cambiamo con lui.
Esiliato lassù, senza poter partecipare
a questa nuova rivoluzione
che ci chiama tutti, in prima persona,
a dimenticare e ricominciare da capo
affrontando i giusti sacrifici che tutto questo comporta.
Sei rimasto lassù troppo a lungo,
compagno astronauta,
è brutto sentirsi abbandonati...
Oggi il nemico dei nostri padri ci fa da padre,
ci sostiene e ci guida, ci nutre e ci rimprovera.
Il nostro paese ci chiede coraggio.
Noi soffriamo la fame, compagno astronauta,
i negozi sono vuoti e facciamo ore di fila
per una pagnotta che ci costa una settimana di stipendio,
ma oggi sta a noi, finalmente, decidere di quel pane.
Tutto è cambiato, niente è più come prima...
Tu sei rimasto lassù per troppo tempo,
compagno astronauta,
ADESSO TOCCA A NOI!!

Dietro

Dietro tante belle cifre
c'è qualcuno che si sta prendendo gioco di voi,
qualcuno che conta sulla vostra *buona fede*
per rimescolare le carte in tavola,
che vi distrae con falsi problemi
per nascondervi i problemi reali.
Dietro tante belle promesse
c'è qualcuno che si prende gioco di voi,
qualcuno che tenta di ingannarvi, che sapendovi ingenui,
conta sull'efficacia dei mezzi più scorretti
per convincervi che il nemico è un altro,
possibilmente un SUO nemico.
Qualcuno che sta facendo leva
sulla stessa vostra curiosità
per deviarla dove essa non può nuocere,
o dove, manipolata,
può addirittura tornare a suo vantaggio!
Dietro questa ingannevole nebbia
c'è qualcuno che si prende gioco di voi.
Per smascherarlo unisci i puntini dall'1 al 64.

Perduto amore

Cosa ci resta dei nostri ricordi?
Cosa ci resta del nostro perduto amore?
Quando ci siamo lasciati eri alto, magro e muscoloso,
con una folta chioma di capelli biondi.
Quando ieri ti ho rivisto eri un nano,
grasso, calvo e flaccido,
con due orribili baffi incolti e neri…
Ma perché fingere di non riconoscermi?

Queste nuove forme di protesta
sono tutte fasciste e reazionarie.
Andrebbero curate con l'olio di ricino!

Federalismo

Parliamone...
Nessuno vuole abbandonarli al loro destino,
nessuno vuole fare una nazione dei ricchi
ed una dei poveri...
vogliamo dargli degli aiuti economici?
Parliamone!
Vogliamo aiutarli a liberarsi della mafia?
Parliamone!
Vogliamo aiutarli a ricostruire il paese?
Parliamone!
.... ma non a tavola

Giovani querce

Che facciamo adesso?
La nostra stessa identità, la nostra *nuova* identità,
si è formata e rafforzata nell'opposizione...
Possiamo insistere su questo governo di programma...
ma sarebbe pur sempre un governo:
ci troveremmo all'opposizione dell'opposizione
e i compagni elettori
potrebbero voltarci le spalle o, peggio,
andare dai fottuti antidefezionisti...
Possiamo restare nell'opposizione...
ma se poi il programma di riforme va in porto
senza di noi
rischiamo di restarci per sempre...
Che facciamo allora?
Come si può essere una forza di opposizione
e di governo nello stesso tempo?
...Tutto è così diverso... ora siamo un partito nuovo ...
siamo una cosa nuova... una forza nuova...
una forza giovane... una forza *molto* giovane... ecco!
Siamo troppo giovani per decidere;
dateci la forza per cambiare le cose!

Dopo quarant'anni

Dopo quarant'anni,
è facile dirci che abbiamo piegato le istituzioni,
legiferato a nostro esclusivo beneficio
per poter avvantaggiare le nostre lobbies industriali,
di aver soffocato l'iniziativa della piccola industria
e dell'artigianato,
di aver affondato le mani nella cassa del mezzogiorno,
nei fondi per i terremotati...
Dopo quarant'anni,
è facile farci i conti in tasca e scoprire
che attraverso mille appalti e speculazioni
abbiamo rubato il denaro dei contribuenti.
Facile accusarci di aver strumentalizzato i servizi segreti,
di aver strumentalizzato il terrorismo, sia rosso sia nero,
per destabilizzare la democrazia
non appena si prospettasse la possibilità di un'alternativa
alla guida del paese...
Dopo quarant'anni,
è facile sospettarci di aver mentito sistematicamente
agli elettori,
di aver gettato sempre fumo negli occhi,
costruendo falsi colpevoli, colpevolizzando
degli innocenti.
Di aver abusato del voto segreto per assassinare,
con un esercito di franchi tiratori, quelle leggi
che noi stessi, poi, avevamo proposto ai nostri lettori...
Dopo quarant'anni,
è facile accusarci di aver abusato
dell'immunità parlamentare
per chiamarci fuori da tutte quelle inchieste
in cui spuntavano continuamente i nostri nomi...
Dopo quarant'anni è facile
...ma sapreste riuscirci in quaranta secondi?

Il pericolo è il mio mestiere,
farsi del male no.

Epitaffio

E quando sarai in terra, sfumato nell'asfalto e nelle roride crepe che tu stesso hai provocato con la tua misera carne, vorrai ancora alzare gli occhi e ancora guardare, ma essi, inghiottiti dalle loro stesse orbite, vedranno soltanto il nero tumefatto della buia cervella...
Vorrai ancora respirare l'aria... sentirla gonfiarti i polmoni...
ma come fragili sacchi della mondezza che osarono un carico di cocci e di breccole, essi non potranno, ormai lacerati e cuciti da uno spezzatino di costole... (inoltre la trachèa è rientrata nell'esofago).
Vorrai bere un sorso d'acqua fresca ma i denti hanno crocefisso la lingua al palato in un macabro, nonché ermetico tappo di carnepesta e saliva.
Vorrai gridare, ma la lingua... solito problema.
Vorrai correre ma il femore e il pancreas hanno fatto amicizia tra le tiepide viscere...
Allora magari ci farai un pensierino su quell'antenna parabolica...

Mafia e politica

Sono contento che sia finita.
Continuare così avrebbe logorato la mia integrità,
la stessa mia vita e quella di chi,
suo malgrado,
si trova al mio fianco.
Non sapere con chi stare, vivere per se stessi
e contro se stessi...
Sono contento che mi abbiano scoperto,
non lo considero una punizione,
non lo considero un castigo.
Il vero castigo è vivere nel terrore,
essere costretti a mentire a se stessi
e a coloro che ci amano.
Vivere nel terrore di essere scoperti, smascherati,
messi a confronto con i valori traditi.
I propri valori.
Sono contento che sia finita.
Oggi posso ricominciare da capo:
sono pronto,
so come ritrovare l'entusiasmo di lavorare per ciò in cui
si è sempre creduto, per la fede che si è scelta.
Il futuro non mi spaventa,
saprò redimermi,
saprò come farmi perdonare.
Sono un uomo nuovo oggi, a sessant'anni,
com'ero nuovo a venti quando cominciai.
Come allora non avrò paura.
Sono contento che mi abbiano scoperto.
Sono contento che sia finita.
La politica, tra l'altro questa politica non mi è mai
piaciuta granché...

Una casa per tutti

Noi pensiamo che la casa sia un diritto di tutti.
Quando due persone lavorano,
producono reddito e pagano le tasse,
il minimo che possiamo fare
è GARANTIRE loro una casa;
senza per questo inquisirli,
senza spiare nella loro vita privata,
senza interrogarli sui loro gusti sessuali.
Sono cittadini di questo paese,
un paese che aspira ad essere civile e moderno,
abbandonando ignobili persecuzioni
e rancidi moralismi...
Vogliamo dar loro ciò di cui hanno diritto
e vogliamo farlo senza indagare
se siano una coppia eterosessuale o omosessuale.
Oggi per voi c'è una casa degna dove poter costruire
il vostro futuro!

Solo non residenti o foresteria

Sono solo un sex-symbol,
e vorrei essere lasciato in pace!

Osiris

Benvenuta amore mio!
Siediti sulle mie ginocchia!
Ho qualcosa da dirti, qualcosa da darti;
non è molto: solo un pensiero per te,
nata d'estate,
quando il sole versa copioso asfalto
nelle scarpe del manovale...
Solo un pensiero per te,
nata d'estate;
nata dal sole,
che gli Egizi chiamavano Osiris...
Per te, nata d'estate;
nata dal fuoco e dalla luce,
per te che illumini a giorno la mia vita,
e mi dai calore,
e mi dai forza...
Mentre io per te ho solo un pensiero,
solo un pensiero per te,
nata d'estate
...quando i negozi so' tutti chiusi.

Addio

Ci rimpiangerete!
Quando capirete la frattura istituzionale
che avete determinato col vostro voto,
voi ci rimpiangerete, elettori!
Rimpiangerete i nostri volti,
rimpiangerete la nostra coerenza...
Ma questo non è più il tempo delle parole:
avete detto «no» a tutti gli sforzi
di ricucire il tessuto connettivo della vita politica.
Avete detto «no», ci avete dato il benservito,
siete stanchi di noi?
Ebbene sia!
Non vogliamo pensare ad un voto irresponsabile,
avete votato secondo coscienza,
avete fatto il vostro dovere.
Ebbene sia!
In questo momento doloroso
noi vogliamo dimostrare rispetto per la vostra scelta:
in tutta la sua ingenuità, in tutta la sua emotività politica,
è stata tuttavia una scelta democratica e come tale merita
riguardo.
Nessuno vi ha mai obbligati a scegliere...
c'è chi parla di regime...
Noi ci vantiamo di averla costruita
questa libertà che oggi avete così ciecamente esercitato...
Non vi andiamo più bene?
Liberissimi, il dado è tratto, addio, allora.
Questo è un paese libero
...nessuno vi obbliga a rimanere.

Morire d'amore

Si dice che d'amore non si muore,
che non si muore di tradimento,
che non si muore di delusione,
che non si muore di dolore quando una coppia si
distrugge soltanto perché uno dei due vuole togliersi lo
sfizio con altri,
solo più giovani, solo più attraenti…
Quando una persona,
quella che più si è amata al mondo,
ci mortifica con volgari menzogne,
ci dimostra con interminabili, luridi esempi
che la cosa più importante della nostra vita è stata
sempre e solo
uno spietato inganno…
per giunta un inganno interessato…
un inganno per denaro…
Ditelo adesso, maledetti ipocriti!
Ditelo oggi, che d'amore non si muore,
ditelo qui, al funerale di mia moglie!

Il cane è il miglior amico dell'uomo
e il padrone ci soffre.

Intolleranza

E come potevamo prendercela con voi?
Un popolo che ha sofferto la povertà,
che ha sofferto la fame.
Come potevamo prendercela con voi?
Per la diversità della vostra pelle?
Ma è una pelle che ha già conosciuto gli schiaffi
della miseria,
della sopraffazione,
delle umiliazioni e dei soprusi...
Come potevamo prendercela con voi?
Solo per la diversità della vostra cultura?
Ma è una cultura che è stata già, più volte,
umiliata,
troppe volte soffocata e zittita dalla storia,
la cultura di un popolo oppresso, derubato e sfruttato.
La cultura del dolore.
Come potevamo?
Come avremmo mai potuto prendercela con voi?
Ma poi siete venuti qui ad occupare le case,
a rubarci lavoro,
ad intasare le nostre strade...
molti si drogano,
molti sporcano, infastidiscono...
a volte commettete addirittura dei crimini!
...Grazie per averci offerto un pretesto.

La nostra identità

In questo mondo
dove le minoranze non hanno diritto alla parola,
noi stiamo cercando una nostra identità,
noi non odiamo nessuno.
I nostri gesti sono anzi
frutto dell'odio di chi ci ha spinto ai margini,
la nostra non è violenza cieca,
ma una disperata risposta alla violenza di stato
in cui ricerchiamo una nostra identità.
Noi non odiamo gli immigrati,
ma l'arroganza che ce li ha imposti.
È quell'arroganza che ci spinge a combatterci l'un l'altro.
Noi non rivendichiamo acriticamente un passato
di oscurantismo, di ordine e repressione,
ma vogliamo ricercare, in esso, i valori calpestati.
Non siamo cattivi.
Siamo solo dei giovani,
uguali agli altri,
forse anche più fragili.
Stiamo solo cercando la nostra identità
e quando la troviamo le facciamo un culo così!

Droga di stato

Oggi ne sono fuori,
tutto ciò che resta è un incubo, un brutto sogno dal quale sono riuscito a svegliarmi. Sono stato fortunato. Per questo voglio lottare contro questa assurda idea, questa macabra trovata che può portare solo altro dolore, altro male a quelli che hanno avuto meno fortuna di me.
Per questo voglio oppormi a chi propone
la liberalizzazione della droga.
Forse questi signori ignorano a cosa va incontro, cosa deve affrontare un tossicodipendente per procurarsi la sua dose quotidiana.
Forse ignorano che per procurarsi il denaro, i soldi per pagarsela, è spesso costretto a rubare. Rubare ai genitori, se ne hanno, agli amici. E poi a chiunque: ai pensionati, ai deboli, a chi non può difendersi.
Forse non sanno che per quei pochi soldi, quei pochi *maledetti* soldi, una persona che ha la colpa solo di essere nata debole in un mondo di belve, è costretta a fare a sua volta del male, a colpire con spietatezza, a commettere crimini e delitti, a servire i veri criminali, a sporcarsi le mani per dei ricchi assassini... costretta a dimenticare i propri principi e i propri sentimenti, a cominciare dall'umana pietà.
Io di questa PIETÀ, di questa voglia di andare incontro al prossimo, di aiutarlo e di soccorrerlo se ne ha bisogno, mi sono finalmente riappropriato.
Fatelo anche voi, egregi signori!
La liberalizzazione della droga, la «droga di stato», è un'idea impietosa e crudele!
A cosa potrebbe arrivare? A quali efferatezze?
Quali azioni disperate e orrende, giungerebbe a compiere un povero drogato, per permettersi di pagare il ticket?

CiocoSnack:
Farina tipo O, uova, cacao, latte,
zucchero, nocciole.
Non disperdere nell'ambiente.

Una mano

Stiamo organizzando le forze dell'ordine affinché la
criminalità e la corruzione vengano spazzate via dal
nostro paese.
Non è facile:
anche nelle forze dell'ordine c'è disonestà e corruzione,
ma se voi ci date una mano possiamo farcela.
Stiamo varando una serie di dolorose ma sane
riforme fiscali
affinchè lo stato possa risanare il debito pubblico.
Non è facile:
dove ci sono grossi interessi c'è disonestà e corruzione,
ma se voi ci date una mano possiamo farcela.
Stiamo lavorando affinché il potere di acquisto della lira
si rafforzi e si possa entrare a far parte dell'Europa
a testa alta.
Non è facile:
disonestà e corruzione sono ovunque,
ma se voi ci date una mano possiamo farcela.
Vogliamo riformare l'informazione per far sì che gli
interessi dei privati non prevalgano su quelli pubblici,
perché corruzione e disonestà sono ovunque: nelle
amministrazioni pubbliche e comunali, nei ministeri e
nelle scuole, nelle sezioni dei partiti e nelle Usl.
Ma se voi ci date una mano possiamo farcela...
non la destra,
quella con l'orologio!

Professionalità

Ciò che mi stupisce
è la totale mancanza di professionalità di certe persone;
certa gente fa il suo lavoro
in modo così sciatto
che oltre ad essere improduttivo
è offensivo!
Offensivo per coloro che, scelta una professione,
cercano di fare del proprio meglio... cercano di
migliorare ogni giorno... e non venirmi a parlare di
gratificazione, è un fatto di civiltà! Di rispetto per gli altri!
Questa gente invece sembra sempre volerti dire: «Non
me ne frega niente di quello che sto facendo, spero solo
di finire presto e andare a casa!»
Non sopporto la mancanza di professionalità.
...guarda la polvere che ha lasciato sotto il tappeto.

Il patto

Se hai capito chi siamo,
sai che il sistema della partitocrazia è vecchio
e va sostituito con qualcosa di nuovo,
ma non da altre piccole formazioni che si aggregano
e si disfano da una legislatura all'altra...
Perché, se hai capito chi siamo,
sai che i partiti vanno riformati dall'interno,
sai distinguere tra demagogia e progetti,
che è giusto parlare di onestà,
ma non è onesto farne uno strumento elettorale.
Se hai capito chi siamo,
sai che non amiamo i nostri partiti,
ma ci restiamo dentro;
che se voti il nostro partito,
forse stai votando contro di noi,
e se voti un partito avversario,
forse stai votando per noi.
Se hai capito chi siamo,
conosci la gente che vuole unirsi nelle idee,
ma rimanere divisa nelle ideologie...
Se hai capito chi siamo
SPIEGACELO!

Non insultate la mia intelligenza,
prendetevela con me!

Leggi eccezionali

Non ci servono leggi eccezionali per la droga,
non ci servono leggi eccezionali per la mafia,
per la criminalità,
piccola o grande che sia...
quelle che abbiamo vanno bene,
non distraiamoci con falsi problemi!
Non perdiamo tempo a discutere di competenze
e di disposizioni,
di territori e di giurisdizioni,
di super-prefetti e super-magistrati...
Perdersi in cavilli non servirà a niente,
non porterà a nessun risultato,
nessun beneficio,
nessun vantaggio reale.
Cos'è questa foga legiferatoria?
Non ci servono leggi eccezionali,
ci sono già delle buone leggi,
abbiamo delle ottime leggi...
Ci basti non applicare quelle!

Essere e avere

Per tanti anni ho lavorato
solo per diventare ricco,
ho dedicato tutta la mia vita al denaro,
ho sognato ville in campagna,
auto costose e abiti firmati...
Ho sognato consigli d'amministrazione, quotazioni in borsa, fabbriche da dirigere, giornali da controllare...
Ma oggi che ho ottenuto tutto questo,
la mia vita mi sembra vuota.
Davvero non c'è altro?
Certo che c'è dell'altro,
ci siamo noi stessi.
Oggi il mio desiderio è quello di essere,
voglio essere ricco dentro,
voglio essere apprezzato per ciò che sono,
non più solo per quello che ho.
Oggi, fra «essere» e «avere», non ho più dubbi,
scelgo l'essere.
Anzi, ne prendo due!

Come due scheletri

Ti amo ma quando ti stringo al mio petto non posso non
pensare che sotto i bei tuoi neri capelli biancheggia
opaco e tetro il tuo fragile teschio...
Ti amo ma quando guardo nei tuoi profondi occhi verdi li
vedo navigare in orbite vuote che presto vuote torneranno
come la casa del paguro.
Ti amo ma quando mi congiungo con te ed urliamo sotto
le lenzuola la nostra felicità, vedo quel corpo che stringo
come un castello di carte, di vertebre e costole che un
giorno il vento sparpaglierà nel mondo.
Ti amo ma quando stringo le tue mani vedo i bianchi
rami secchi, le fragili falangi che gratteranno la bara.
Ti amo ma quando mi sorridi vedo una mandibola
appesa alla tua faccia come una stampella, in attesa che
i denti ad uno ad uno la lascino come petali di una rosa.
Ti amo ma quando penso a noi due non vedo che due
orrendi scheletri che si consumano in polvere, due
mucchi d'ossa sgretolarsi nel nulla...
...a noi ci ha rovinato la finanziaria...

Pubblicità trasversale

Guardate queste due macchine,
sulla rossa sono montati degli ammortizzatori normali,
sulla blu, invece,
abbiamo montato degli ammortizzatori SilverHold,
più affidabili, più pronti, più sicuri!
Su terreno sdrucciolevole e sconnesso, l'auto rossa perde
il controllo, ad ogni buca le ruote sobbalzano, perdono
aderenza col terreno e mettono in pericolo
la vostra guida.
Le ruote dell'auto blu, invece,
tengono perfettamente la strada,
seguono docilmente tutte le asperità del terreno,
superano tutti gli ostacoli garantendo
la massima sicurezza e il massimo controllo...
comprate un'auto blu.

Stampato nel giugno 1992 per conto di
Baldini & Castoldi - Socedit
dalla Fantonigrafica - Elemond Editori Associati

I Saggi

1. Giulietto Chiesa, *Cronaca del golpe rosso*
2. *Il dio che è fallito. Testimonianze sul comunismo.*
3. M. Harsgor, M. Stroun, *Il rifiuto del passato*
4. Vito Piazza, *«Atté ti picchia, Luigi?»*
5. Valdo Spini, *Viaggio dentro le istituzioni*
6. Alfred Tomatis, *L'orecchio e la vita*
7. Arkadij Vaksberg, *La mafia sovietica*
8. V. Solovyov, E. Klepikova, *Corvo bianco*

Le Boe

1. Luca Landò, *Il Moro tradito*

Le Formiche

1. Gino & Michele, *Saigon era Disneyland (in confronto)* (4ª ediz.)
2. Beppe Viola, *Quelli che...* (3ª ediz.)
3. Gino & Michele, *Anche le formiche nel loro piccolo s'incazzano. Anno secondo* (5ª ediz.)
4. Gianni Ippoliti, *Il coraggio di scrivere*
5. Enzo Monteleone, *Mediterraneo*
6. Corrado Guzzanti, *Il Libro de Kipli* (3ª ediz.)
7. Carlo Oliva, *Tra di noi*

La Satira

1. *Il Novissimo Ippoliti della lingua italiana* (2ª ediz.)
2. Gavino Sanna, *Ancora una e poi basta*

Romanzi e Racconti

1. Maurizio Chierici, *Quel delitto in casa Verdi*
2. Sébastien Japrisot, *Una lunga domenica di passioni*
3. Lucien Bodard, *I diecimila gradini*

Giallo & Nero

1. Piero Colaprico, *Sequestro alla milanese*
2. Charles King, *Mama's boy*